閱讀123

國家圖書館出版品預行編目 (CIP) 資料

晒衣服大冒險 / 哲也文 ; 草棉谷圖. -- 第一版. -- 臺北市 : 親子天下, 2019.09
64面 ; 14.8×21公分. -- (我媽媽是魔法公主的孫女的孫女)
ISBN 978-957-503-422-1(平裝)
863.59　　108007405

閱讀123系列 —— 078

# 晒衣服大冒險

文｜哲也
圖｜草棉谷

責任編輯｜陳毓書
封面設計｜林家蓁
內頁排版｜林子晴
行銷企劃｜王俐珽

天下雜誌群創辦人｜殷允芃
董事長兼執行長｜何琦瑜
兒童產品事業群
副總經理｜林彥傑
總編輯｜林欣靜
主編｜陳毓書
版權主任｜何晨瑋、黃微真

出版者｜親子天下股份有限公司
地址｜台北市 104 建國北路一段 96 號 4 樓
電話｜（02）2509-2800　傳真｜（02）2509-2462
網址｜ www.parenting.com.tw
讀者服務專線｜（02）2662-0332　週一～週五：09:00~17:30
讀者服務傳真｜（02）2662-6048　客服信箱｜ parenting@cw.com.tw
法律顧問｜台英國際商務法律事務所．羅明通律師
製版印刷｜中原造像股份有限公司
總經銷｜大和圖書有限公司　電話：（02）8990-2588

出版日期｜ 2019 年 9 月第一版第一次印行
2022 年 11 月第一版第四次印行
定價｜ 220 元
書號｜ BKKCD140P
ISBN ｜ 978-957-503-422-1（平裝）

# 晒衣服大冒險

文 哲也 圖 草棉谷

我有一個很厲害的媽媽，什麼事都難不倒她，
不管什麼麻煩，她都有辦法！

「媽，你是不是有魔法啊？」

「哇哈哈，不愧是我女兒，這麼快就被你發現啦！」

原來，古時候有一位很厲害的魔法公主，
媽媽就是她的孫女的孫女的孫女喔，
媽媽會的魔法不多，但她有一張祖傳的「魔法悠遊卡」，
每次她拿出悠遊卡，我就知道，今天又要發生一些神奇的事了。
現在就讓我告訴你，這個暑假，有哪些奇妙的故事吧！
對了，這些事，可別告訴我爸爸喔！

媽媽
看起來很平常，但有時會有神奇的力量。
爸爸
看起來傻乎乎，但我相信他一定有聰明的地方，只是還看不出來。
我
看起來像十歲那麼聰明，但其實只有六歲。
魔法悠遊卡
全名是「魔法世界任你悠遊儲值卡」，每次使用魔法，或坐公車去魔法王國，都會扣魔法點數。

# 1

昨天晚上睡覺前，我抱著媽咪肚子說：「你到底會什麼魔法？」

「那是肚臍，它不會魔法。」媽媽笑著說。

我湊到媽媽面前。「你說你是魔法公主的孫女的孫女的孫女，那你到底會什麼魔法？」

「哎呀，魔法這種東西不能隨便使用的。」

「教我，我一定不會隨便用。」

我用看起來很乖的眼睛看著媽媽。

「好吧，我教你一個小魔法。」媽媽敲敲我的鼻子。

「右眼看左耳，左眼看右耳，然後，把嘴巴鼓起來，發出『噗』一聲，被你噗的人就會打噴嚏。」媽媽說：「以後遇到壞人就這麼做。」

「我會了！」

「可別在家裡用。」媽媽又說。

真是的，不先在家裡練習練習，怎麼知道有沒有用？

所以，今天吃早餐時，爸爸在喝橘子汁，媽媽在塗花生醬，我就右眼看左耳、左眼看右耳，然後低頭對著桌底下的小狗，把嘴巴鼓起來……

「你在玩什麼？」爸爸突然問我。

我抬起頭。「噗！」

「哈啾！哈啾！哈啾！」

爸爸打了三個大噴嚏，手上的那杯橘子汁，全部潑到他身上。

「啊！我的白襯衫！」爸爸跳了起來。

「啊！我去拿抹布！」媽媽也跳了起來。

「啊！我吃飽了，再見！」我也跳起來，開溜。

「汪汪汪汪！」桌子底下的小狗被我踩到尾

巴，也跳起來。

大家突然都很忙。

媽媽用抹布擦白襯衫上的橘子汁，但是擦乾以後，白襯衫已經變成橘子襯衫了。

爸爸搖頭說：「完了完了完了，今天要穿去公司開會的白襯衫，完了完了完了……」

「開什麼會啊？」我問爸爸。

「今天下午有一個很重要的會……」

「就是所有王子和公主都會參加的那種舞會

嗎？」

爸爸皺起眉頭，沒有回答我。

看到爸爸這種表情，我就知道不要再說了。

「唉，這是我唯一一件白襯衫……」他說。

「別擔心，」媽媽說：「我拿去洗，下午再送去公司給你穿。」

「來得及嗎？會乾嗎？」爸爸擔心的說。

媽媽抬頭看看窗外的天空說：「今天天氣這麼好，一定會乾的。」

於是，爸爸換了一件花襯衫，放心的去上班

了。

爸爸一出門，媽媽就洗衣服、洗碗、擦桌子和擦地板，再把洗好的衣服拿去屋頂晾。

最後媽媽倒在沙發上說：「啊，真是累死我了。」

「媽，你為什麼這麼容易累啊？」

媽媽瞪了我一眼說：「我不是叫你不要在家裡用魔法嗎？」

我趕快跑去幫媽媽搥背。「累了就休息一下嘛，罵我會越罵越累喔。」

媽媽又瞪我一眼。「我睡五分鐘，你要叫醒我喔。還有，搥背不要停。」

媽媽一睡著，我也睡了。

不知道睡了多久，忽然嘩啦嘩啦……

我和媽媽張開眼睛，看窗外。好大的雨呀！

「啊，衣服！」媽媽跳起來，跑去屋頂。

爸爸洗好的白襯衫，又被淋得像溼抹布了。

「真糟糕，這下子晒不乾了。」

媽媽看著天空，嘆了一口氣，拿起電話，打給外婆。「媽？有沒有快速烘乾衣服的魔法？」

「這麼一點小事就要用魔法？魔法不能隨便

用的，你不知道嗎……」外婆的聲音好大聲。

媽媽掛了電話，綁起頭髮，披上外套。

「妹妹，走，我們去晒衣服。」

「去哪裡晒？」

「媽媽知道有個地方，一定出太陽。」

「你是說……」

「沒錯！」媽媽指著小狗說：「就是他的家鄉。」

媽媽牽著我，我牽著小狗，一起蹦蹦跳跳跑下樓。

# 2

雨稍微小了一點。

太陽躲在雲邊，露出額頭，把雨絲照成金黃色。

「媽，是陽光雨！」

「真是適合去冒險的好天氣對不對？」

媽媽牽出腳踏車，撐著雨傘，載著我和小狗王子，一邊騎，一邊唱：

你看世界這麼大！
你看陽光雨多美呀！
戴上可愛的小草帽，
帶著魔法悠遊卡，
趁著爸爸不在家，
我們又要去冒險啦！
阿拉拉，哇哈哈！可可露西亞！

我們一起跳下腳踏車，一起跺跺腳。咻，公車站牌從地底下搖搖擺擺鑽出來。

一輛公車搖搖擺擺的開過來。

「歡迎搭乘可可露西亞王國交通車！」狐狸司機說。

我和媽媽跳上公車，刷了魔法悠遊卡。看著玻璃窗上的雨滴，隨著車子前進，慢慢變乾，窗外的陽光越來越亮……這表示，我們又快到陽光燦爛的可可露西亞王國了！

「今天兩位要在哪一站下車？」狐狸司機回頭問。

「請到陽光最燦爛的王宮大廣場！」

「到站了！」我們跳下車。

啊！太陽好大！天氣真好！

哇！廣場上，人怎麼這麼多？

王宮前面，人山人海，大家都圍著一座高高的臺子，臺上有一位戴著王冠的老爺爺，他抬著頭，嘴裡咕嚕咕嚕不曉得在唸什麼。

「是國王，他在唸咒語。」媽媽說。

「什麼咒語？」

「聽不清楚。」媽媽拉著我擠到臺下。

只聽到國王最後對著天空喊：「雨神啊！」

「啊，糟了，」媽媽說：「聽起來這是祈雨的儀式。」

「祈雨是什麼意思？」我好奇的問。

「就是請求雨神下雨的意思。」

果然，天上的雲朵降了下來，上面站著一個閃閃發光的神。

「我是雷神！」

「啊，對不起，我找的是雨神。」國王說。

「雨神最近請假，我代班。」雷神說：「國王，您呼喚我，有什麼事呢？」

「是這樣的，」國王說：「可可露西亞已經很久沒有下雨，我們快要沒水喝了，求求你！」

「說清楚，求求我什麼？」雷神問。

「求求你……」國王正開口。

這時候，媽媽突然踮起腳尖，對著雷神大聲喊：「求求你繼續出大太陽！」

國王差點兒從臺上摔下來。

所有人都轉頭看媽媽。

「絕對不能下雨啊！」媽媽大喊說：「我先生的白襯衫萬一晒不乾的話，下午的會就開不成了！」

大家都呆住了。

「什麼會？」雷神問。

我只好踮起腳尖，替媽媽解釋。

「就是所有王子和公主都會參加的舞會！」

雷神點點頭。「好的，沒問題，那就繼續出大太陽吧！」雷神坐著雲回天上去了。

「謝謝你，你人真好！」媽媽對他揮手。

國王指著媽媽，一直發抖，說不出話來。

「你要說什麼？慢慢說沒關係。」我好心的鼓勵他。

最後，國王終於說出話了，「來人哪！抓住她！」

兩個士兵跑過來，抓住媽媽的肩膀。

「救命啊！」媽媽尖叫。

站在腳邊的小狗「王子」，突然大吼一聲，變成獅子。

士兵們嚇得退後三步。

媽媽也張大眼睛問王子：「你怎麼又變成獅子了？」

「我也不知道，聽你一尖叫，我就變回獅子了，」獅子說：「快上來！」

我和媽媽爬到獅子背上。大獅子拔腿就跑，把一排士兵撞得東倒西歪。

「對不起！」媽媽回頭道歉。

接著，又把一排小吃攤撞得東倒西歪。

「不好意思！」

接著，又把一排小學生撞得東倒西歪。

「真抱歉！」

「你要我停下來嗎？」獅子問。

「當然不能停下來！快逃哇！萬一被抓到，關到又暗又潮溼的地牢裡，爸爸的衣服就永遠不會乾了！」

大獅子往前跑哇跑，我和媽媽抓著白襯衫的袖子，讓襯衫在風中飄哇飄。

天空忽然暗了下來。

轟隆！一聲雷響，雨水嘩啦啦的灑下來。

爸爸的衣服又溼了。

「唉，一定是國王祈雨成功了。」媽媽說。

滿天都是烏雲，只有很遠的地方有一點點陽

光。

那是大海！海面上有陽光！

「快，去那裡晒衣服！」媽媽喊。

# 3

大獅子跑到海邊，海邊有一艘小船，但是船很小，獅子很大。

媽媽在獅子頭上親一下，獅子又變回小狗。

我們跳上船，用力划呀划，終於把船划進海面上的那片陽光裡。

媽媽把衣服晾在船邊，正要鬆一口氣……

咻！一顆砲彈飛了過來，掉在船邊。

嘩啦啦，浪花飛起來，白襯衫又溼了。

我們目瞪口呆看著一艘海盜船開過來。

可怕的海盜們把我們抓上船，團團包圍住。海盜船長一跛一跛的走過來，舉起鐵鉤手，

問媽媽：「喂！你認不認識字？」

「當然嘍，」媽媽說：「難道你們不認識字嗎？」

海盜們都臉紅了。

「我們從小就當海盜，沒有上學。」

「好可憐。」媽媽說。

「不用你可憐！我們是可怕的海盜！」海盜船長拿出一張紙。「快說，這上面寫什麼？」

原來是一張藏寶圖。

「這上面只有寫『這是藏寶圖，請務必小心保管。』」媽媽說。

可是船長不相信。「只有這樣嗎？應該有寫

寶藏藏在哪裡才對呀！」海盜船長拔出了一把大刀。「你如果敢騙我的話，我就……」

可惡，竟敢對我親愛的媽咪這麼凶。

我想起媽媽教過我，遇到壞人要怎麼做。右眼看左耳，左眼看右耳，然後把嘴巴鼓起來……

「噗！」

「哈啾！哈啾！哈啾！」海盜船長對著藏寶圖打了三個大噴嚏。

媽媽趁機把他的刀搶過來。

所有的海盜都對著媽媽跪了下來。

「新船長好！」

「怎麼了？」媽媽歪著頭。

「這是船長的寶刀，誰拿這把刀，誰就是船長。」海盜們又大叫一聲：「啊！」

「又怎麼啦？」

「報告船長，藏寶圖上出現很多字。」

原來，藏寶圖上有很多用特殊墨水寫的字，沾到水才會出現，現在因為沾滿船長打噴嚏的口水，所以字就出現了。

媽媽把圖上的字唸給他們聽：「這上面寫著『寶藏藏在火山島上！』」

「萬歲！」所有海盜都歡呼起來。

「朝火山島前進！」媽媽舉起彎刀下令。

「遵命！」

「還有，快把舊的海盜旗降下來！」媽媽拿出爸爸的白襯衫。「把新的海盜旗升上去！」

「遵命！」

媽媽手插著腰，看著爸爸的白襯衫在旗竿飄哇飄，滿意的說：「這樣應該晒得乾了。」

海盜船只花了吃一碗冰淇淋的時間，就開到了火山島。

這是一座好小好小的小島，島上有一座好小好小的火山。

小火山裡面，真的有一個寶箱！

打開寶箱，裡面全都是金幣！

「太好了！」海盜們歡呼：「我們有錢去上學了！」

媽媽也很高興，因為爸爸的白襯衫快乾了。

「對了，」她忽然想到：「晾在火山口，應該更快乾吧？」

媽媽把白襯衫用竹竿晾在熱烘烘的火山口，

才剛晾好……

轟！

小火山噴出一股黑煙和一個火球。

爸爸的衣服燒焦了。

媽媽張大嘴巴，闔不起來。

「怎麼辦？」我和小狗抬頭看著她。

媽媽甩甩頭髮，然後說：「沒關係。」

她從寶箱裡拿了一個金幣，把其他金幣全部

送給海盜。

「走，我們回家吧。」媽媽笑著說：「現在我們有錢給爸爸買新襯衫了。」

# 4

從可可露西亞回來後，我們住的地方還在下大雨，我和媽媽去買了一件一模一樣的白襯衫，送到爸爸公司。

爸爸正要去開會，看到新襯衫，眼睛變得好大好亮。

「哇！外面一直下大雨，你是怎麼把衣服晒乾的？而且看起來像新的一樣！」

「哈哈，厲害吧？」媽媽得意的說。

「太厲害了！難道你有魔法？」

「你現在才知道嗎？」媽媽在爸爸臉上親了一下。

爸爸笑得像陽光一樣燦爛。

耶！雖然到處都在下雨，但是爸爸臉上出太陽了！

# 給孩子最棒的禮物、最有效果的良藥

大業國小閱讀推動教師　宋曉婷

## 閱讀123聽讀本——《買菜大冒險》、《晒衣服大冒險》、《吃冰大冒險》

**書籍特色**

❶ 故事情節貼近孩子的生活經驗卻又加入了冒險元素，帶領孩子進入充滿想像力的文字空間。

❷ 一套三本，每本故事長度適合大班到小一的孩子，讓這些孩子有機會獨自閱讀完一本書增加成就感！也能讓初次陪讀的爸媽容易上手增加信心！

❸ 小短篇故事＋朗讀CD陪伴孩子邊聽邊讀，讓孩子更了解故事內容，認識更多國字，透過「聽育」幫助孩子自行逐字閱讀。

❹開拓學齡前孩童的新視野：故事書不是只有繪本而已喔！七歲之前的閱讀不再只局限於繪本！歡迎進入橋梁書的世界！

## 使用方法

### 親子共讀

❶先聽：在親子共讀的時段可以選擇一起聽故事，這種方法適合閱讀習慣尚不穩固的親子。

❷直接讀書本：家長已有一定的說故事經驗，想要嘗試更進階的文本，可以選用這套書，它會是一個很容易上手的教材。

❸邊聽邊讀：和孩子一起享受聽故事讀書本的樂趣！每天晚上都要讀一篇故事給孩子聽，那是極耗費心神的一件事，利用這套書，親子共讀不需要每一次都這麼累！卻一樣能達到很棒的效果。

❹ 放在車上聽：全家開車旅行或接送孩子上下學的車程裡，可以在車內播放這個朗讀版 CD，讓孩子預先聽聽故事，親子之間也可以加入有關於故事內容的對話，這樣可以讓孩子下次看到讀本的時候有更多的感受。

❺ 角色扮演：這套書的編排特別在對話的時候用「人物頭像」幫助孩子分辨每句話說話的角色，不但可以減少獨自閱讀的難度，更可以讓孩子在共讀時光裡選擇自己想要的角色，唸出自己的臺詞！

### 孩子自己讀

❶ 先聽：還沒有能力自己讀書的孩子，可以讓他先聽聽朗讀版 CD。

❷ 邊聽邊讀：可以加強孩子的文意理解與識字能力。

❸ 直接讀文本：認字能力很好的孩子可以直接讀文本。

閱讀這帖良藥，建議三餐飯前服用，最好睡前再服一帖，效果更好！祝大家藥到病除，身心健康囉！

閱讀123